JUAN, CARMEN
Y EL AMOR

ExLibric

BARTOLOMÉ SÁNCHEZ ROLDÁN

JUAN, CARMEN
Y EL AMOR

EXLIBRIC

ANTEQUERA 2025

JUAN, CARMEN Y EL AMOR
© Bartolomé Sánchez Roldán
Diseño de portada: Dpto. de Diseño Gráfico Exlibric

Iª edición

© ExLibric, 2025.

Editado por: ExLibric
c/ Cueva de Viera, 2, Local 3
Centro Negocios CADI
29200 Antequera (Málaga)
Teléfono: 952 70 60 04
Fax: 952 84 55 03
Correo electrónico: exlibric@exlibric.com
Internet: www.exlibric.com

ISBN: 979-13-88079-08-5
Depósito Legal: MA 1822-2025

Impresión: PODiPrint
Impreso en Andalucía – España

Nota de la editorial: ExLibric pertenece a Innovación y Cualificación S. L.

BARTOLOMÉ SÁNCHEZ ROLDÁN

JUAN, CARMEN
Y EL AMOR

Sobre el libro
Juan, Carmen y el amor

Este texto ha sido escrito con minuciosidad. Trato de exponer una novela que rinda un homenaje al amor universal entre un hombre y una mujer en medio de tanto desajuste como hay en la actualidad.

Para ello, centro todo el relato sobre los dos protagonistas. Prescindo de descripciones, digresiones y otros añadidos literarios. Por ello, intento manifestar la tensión desde el principio, incluso el final.

Mi recomendación es que se lea de un tirón. Para ello, procurar un tiempo libre entre una y dos horas.

Gracias.

Y es que son las preguntas las que definen al hombre, no las respuestas. Un sistema de preguntas es lo que comúnmente constituye una cosmovisión. Y una cosmovisión es una teoría acerca del funcionamiento del mundo.

CRISTINA CERRADA

¿Y conseguiste lo que querías?
¿Y qué querías?
Considerarme amado.
Sentirme amado en la Tierra.

JOHN CHEEVER

1

Juan

Se levantó, recogió de encima de su mesa algunos documentos, los guardó en un cajón y se dispuso a salir. En la oficina era el último en marcharse. No le importaba echar alguna hora de más.

Fin de semana a la vista. Pronto cumpliría 42 años y seguía igual de tímido. Pero ¿a dónde iba a ir? No sabía qué hacer y cierta inquietud se apoderó de su persona.

Durante los días semanales tenía un horario que cumplir y lo hacía. Se levantaba a las siete y media. De ocho a nueve, aseo, desayuno y, dada la distancia a la empresa, paseo matutino.

En el trabajo se ensimismaba tanto que la mañana se le pasaba volando. Para él, su tarea era algo necesario en su vida. Cuando no dormía bien, deseaba que llegara la hora de levantarse para poder empezar el día.

Al salir, observó que se aproximaban las tres de la tarde. A esa hora, el hambre hacía acto de presencia y, como si fuera una niña famélica, reclamaba su lugar en el mundo y no había manera de callarla.

Cerca se hallaba un restaurante, y allí dirigió sus pasos.

—Buenas tardes, don Juan.

Era Carmelo, el camarero que, sabiendo sus costumbres, le indicó una mesa un poco apartada. Sabía por joven y por camarero.

—Siéntese, por favor. Hoy tenemos unos callos que están para chuparse los dedos.

—Espero que no me sienten como los últimos. Tuve callos hasta el día siguiente. Bueno, tráigalos, la verdad es que estaban muy buenos.

Viendo que no había nadie a quien atender, Carmelo se acercó a la mesa y le dijo:

—Don Juan, ¿me permite que me siente a su lado?

—Sí, ¿qué quieres?

—Lo que quiero decirle es que conozco una chica que es preciosa. Don Juan, que me tiene usted preocupado, siempre solo, y hay que pensar en el futuro. Que las noches de invierno son muy largas y de madrugada uno se despierta y si tiene un buen calorcillo a su lado, es de agradecer. Vive cerca y parece que no es de aquí. No debe tener pareja, pues viene siempre sola. Apenas si utiliza el móvil. Una mujer ideal para usted.

—Veo que eres muy observador. Cuidado con meter las narices donde no te llaman.

—Es que la misión del camarero es así. Ver, oír y callar.

Juan recordó que en una novela de Mika Valtari, *Sinuhé el egipcio*, decía que los camareros son de las personas que más conocen el mundo, pues saben del comportamiento de las personas cuando están normales y el comportamiento cuando bebían y se desinhibían. A veces se volvían otras personas.

Una voz en la barra interrumpió la conversación. Era el dueño del restaurante.

—Carmelo, deja la charla y atiende a esos señores.

Habían entrado unos comensales a los que atender.

Juan terminó sus callos y de postre tomó una buena tajada de sandía que estaba deliciosa.

Se dirigió a su hotel mientras pensaba en la proposición de Carmelo.

Sí, llevaba razón. Debía buscar pareja si no quería estar solo en su vejez y la verdad es que no la había encontrado.

Al pasar por delante de un escaparate, se vio reflejado en el cristal. Desgarbado, con el traje arrugado, delgado, de mediana estatura, un poco cargado de espaldas, algo miope que corregía con sus gafas. Nariz aguileña, frente despejada, barba cerrada que le obligaba a afeitarse todos los días y con cuchilla, la maquinilla eléctrica no le apuraba lo bastante y por la tarde le parecía como si no se hubiese afeitado.

No se gustó. Y no era mal parecido. Pensó que sería necesario buscar un buen traje. Sí se dio cuenta de que sus ojos indicaban alguna tristeza.

Y es que el fin de semana actuaba sobre él de una forma negativa. Sabía que, de seguir así, en poco tiempo se convertiría en un solterón más de los muchos que había en la ciudad.

Ocupaba un piso en una tercera planta, en el parque central de la ciudad, pequeño pero suficiente.

Vivía en una capital provincial donde estaba a gusto. Tranquila, con pocos vehículos, le permitía pasear por ella sin riesgo de que lo atropellasen.

Se sentó junto a la ventana y releyó un libro de Carver que le había hecho emocionarse. Se titulaba *Tres rosas amarillas* y trataba sobre la muerte de Chéjov.

A las nueve en punto entró a su trabajo. La puntualidad era una de sus virtudes.

—Buenos días, Juan.

—Buenos días, Eva.

—¿Qué tal el fin de semana?

—Aburrido, como todos.

—Me temo que el aburrido lo serás tú. Nosotros hemos viajado a Priego y visitamos las iglesias barrocas, el Adarve y la tarde la pasamos en la villa turística de Zagrilla. Lugar precioso.

Eva era una excelente compañera. Siempre lo animaba cuando lo veía decaído y, como Carmelo, le insistía en la búsqueda de una pareja.

—Pronto vendrá una nueva compañera. En recursos humanos me han dicho que ocupará el lugar de Vicenta. En esa mesa, a tu lado. Ella se ha ido a Jerez con su marido y no creo que vuelva.

Juan se levantó y fue a recoger un documento a Dirección. Le había llamado don Nicolás, el director de la sección.

Las oficinas de la empresa estaban situadas en una planta totalmente horizontal con los departamentos separados con unas paredes de cristal que hacía que todos estuviesen a la vista de todos, sin compartimentos estancos y una fácil comunicación entre ellos.

Juan estaba en la sección de Recursos humanos y otros documentos.

Entró en el despacho del director y se dirigió a él.

—Buenos días, don Nicolás.

—Buenos días, Juan.

—Toma, llévate este expediente sobre una contratación dudosa. Comprueba el domicilio del trabajador que solicitan.

—Cuando lo hayas completado, me lo traes.

—Ya mismo se lo traigo.

—Tómate el tiempo que necesites. Me importa que esté bien hecho.

Volvió a su puesto de trabajo.

—¿Qué traes? —preguntó Eva.

—Un informe sobre un domicilio de correos dudoso.

—Va siendo de que te traigas, no un documento, sino una pareja.

2

Carmen

—Buenos días.

—Buenos días —respondieron todos al unísono.

—El jefe de sección, por favor.

—Soy yo —contestó Eva—. Usted debe de ser la nueva compañera.

—Sí, lo soy.

Eva se levantó y se dirigió hacia ella dándole un par de besos amistosos en las mejillas.

—¿Me permites que te tutee?

—Sí, por favor. Faltaría más.

—¿Sabes que eres muy guapa?

Carmen se ruborizó un poco.

—Gracias.

—Te presentaré a tus compañeros. Al menos, con los que más nos relacionamos en esta sección.

Paqui se encarga de la recepción y distribución de documentos; Quique de las altas y bajas en los contratos; Lupe de los archivos; Juan contesta los requerimientos e informes; Yola de correos y yo, en coordinar la sección, atender al público, resolver problemas y consultas que surjan.

Carmen fue contestando «hola», «encantada» y otras formas de ritual.

—Tú te sentarás en esta mesa, al lado de Juan, que te ayudará en tus dudas mientras te sueltes.

A Juan le pareció haberla visto antes, pero no recordaba dónde. Una mujer como aquella no era fácil de olvidar.

Nada más entrar en su oficina, Juan se levantó con prontitud y se dispuso a saludarla.

—Bienvenida —contestó con cierta timidez.

—Gracias —contestó Carmen de una manera decidida—. Encantada de conocerte.

—Espero que formemos un buen equipo.

—Eso espero también yo —terminó Carmen.

Juan la observó mientras ella se interesaba por su lugar de trabajo. Mesa rectangular, ordenador de sobremesa, útiles para escribir, una repisa y varios cajones.

Carmen le sonrió y husmeó los cajones para ver su contenido.

Recordó dónde la había visto. Fue en el restaurante, en las mesas del centro y observó cómo Carmelo la trataba con toda simpatía.

A Juan, huérfano de sonrisas y afectos, le pareció que aquella sonrisa era de lo más bonito que había visto en mucho tiempo.

A la hora del café vio cómo Carmen se sentaba junto a él y lo hizo tan cerca que sintió como rozaba su cuerpo con el suyo, y, de manera instintiva, se dejó llevar. Notó como una descarga eléctrica, una química que desconocía recorría todo su cuerpo. Parecía como si en su interior alguien prendiese una llama.

—Te contaré —dijo Carmen.

Juan, con todos los sentidos pendientes de ella, escuchó cómo le contaba las impresiones de su primer día de trabajo.

—Pues sí, nada más dieron las nueve me presenté en información. Esperé al conserje, llamó a alguien y me dijo: «Pase, por favor. El director la espera en su despacho».

»Me admiró cuán grande era la planta de oficinas y cuánta gente trabajaba allí. Siguiendo las señales de los pasillos observé cómo en una puerta ponía Dirección. Me detuve ante ella y llamé con los nudillos.

»—Pase, por favor. La estaba esperando. Hace ya algunos días me comunicaron que vendría.

»—A mí me lo dijeron ayer por *burofax* y aquí estoy, deseando trabajar e incorporarme.

»—Siéntese. Me parece un buen comienzo. Me presentaré. Soy Nicolás, director de esta empresa.

»—Y yo soy Carmen, trabajadora recién incorporada.

Hablaban así mientras estrechaban efusivamente sus manos.

Juan, extasiado, la contemplaba mientras le relataba su entrevista. Supuso que tendría unos 35 años.

Más tarde, en su habitación, durante la siesta intentó dormir un rato, pero no pudo. Estaba tan entusiasmado por los sucesos de la mañana que solo tenía una imagen en la cabeza. Carmen y su voz, tan dulce, tan cercana a él, tan adorable.

3

La orientación

Juan observó que, como le ocurría a cualquier trabajador recién incorporado, Carmen dominaba la teoría, pero carecía de práctica. Decidió enseñarla y ayudarla.

—Juan, ¿dónde puedo consultar mejor la doctrina sobre contratación?

—Hay numerosos códigos, pero yo suelo utilizar dos. El *Memento Social*, riguroso y con un índice analítico verdaderamente notable, y las páginas de la Seguridad Social, muy precisas en jurisprudencia y doctrina.

Contestando a este tipo de preguntas, Juan sentía subir su autoestima y se notaba importante. Al menos eso le ocurría con Carmen.

De vez en cuando, ella acercaba la silla a su mesa y casi apoyándose en su hombro, notaba cómo la química se apoderaba de él. De nuevo alguien encendía su fuego interior y notaba cómo le subía el calor interno. Él, tan retraído y tímido, aquellas preguntas, aquella sonrisa, le ayudaban a vivir.

Cada día, antes de ir al trabajo, se miraba al espejo, observaba su vestimenta, pasaba la mano por sus mejillas para ver la suavidad del afeitado, se esmeraba en peinarse y, cosa poco usual en él, utilizaba colonia y un *after shave* de un olor muy agradable.

Eva, extrañada, decía:

—Juan, te veo mucho mejor.

—Pues no hay ninguna razón especial.

Y ella, mujer experimentada, esbozaba una irónica sonrisa.

Una mañana, Juan observó a un señor que pedía permiso a Carmen para sentarse en su mesa. Un poco avispado, observó cómo él empezó a hablar con acritud. Quería preguntar por qué habían resuelto su contrato de trabajo.

Carmen, sin tener experiencia en el trato directo con los trabajadores, se azoró y no supo qué contestar.

Al observar la situación, creyéndose necesario, perdió su timidez y se dirigió a la mesa de Carmen. Le preguntó qué ocurría y esta le contestó:

—Este señor reclama que se le explique por qué han resuelto su contrato de trabajo.

Y el trabajador, preocupado por averiguar su situación, levantó la voz.

—Creo que el levantar la voz no le ayudará a resolver su problema. Esa no es manera de tratar a una señorita —dijo Juan.

—Para mí no es agradable esta situación —añadió el señor.

—Ni para nosotros tampoco. Por favor, entrégueme la documentación que trae.

Juan la ojeó con detenimiento y dijo:

—¿Está usted afiliado a algún sindicato?

—Creo que no.

—Pues es la única solución a su problema. Hoy hay sindicatos fuertes que ayudan mucho a sus afiliados. Debe estudiar el panorama de dónde afiliarse y hacerlo. Nosotros no podemos recomendarle ninguno. La ley nos obliga a ser neutrales. Nosotros nos encargamos de los recursos humanos seleccionando y apoyando las contrataciones.

—Gracias.

Con energía se levantó y se dispuso a marchar.

—Discúlpeme, señorita.

—Queda usted disculpado —contestó Carmen, dirigiéndole una sonrisa más de circunstancias que sincera.

Aquel incidente hizo subir su autoestima. Él actuó como un acto reflejo, como si ese incidente le hubiese sucedido directamente a él.

La voz de Carmen le sacó de su ensimismamiento.

—Juan, he observado que sueles comer donde yo lo hago. Si te parece, podríamos comer juntos.

—Sí, estaré encantado de sentarme a la mesa contigo.

Se alegró. Sobre todo, cuando la vio levantarse y observar su contoneo.

4

Un *email*

Al salir de la empresa y dirigirse al restaurante, Juan le dijo a Carmen que cogiera mesa, pues tenía que hacer un recado muy rápido.

No había terminado de sentarse cuando Juan ya estaba frente a ella y observó que traía en la mano un pequeño paquete.

—¿Qué traes?

—Un regalo para ti.

Colocó encima de la mesa una pequeña cajita y Carmen, sin pensarlo, rompió el envoltorio y descubrió una caja de bombones.

—Juan, ¿por qué te has molestado?

—Para mí no ha sido ninguna molestia. Por algún comentario tuyo sé que te gustan mucho los dulces y he pensado endulzarte un poco tu vida.

—Muchas gracias —dijo con esa coquetería femenina que tanto encandila a los hombres y, especialmente, a Juan.

Sin más dilación, tomó uno de ellos, lo introdujo en su boca y en un instante su cara reflejaba una gran satisfacción.

—¡Ah! Qué bueno está. ¿Quieres uno? —dijo mientras se lo ofrecía.

—No gracias, lo tomaré de postre.

Mientras comían, Juan notó cómo Carmen lo miraba. Y él, no sin bajar los ojos con cierta timidez, le devolvía la mirada. Vio con qué delicadeza doblaba la servilleta y colocaba los cubiertos, lo que denotaba un gran sentido del orden.

Su cara ovalada, sus ojos grandes, sus cejas deliberadamente rectas, sus labios carnosos, su pelo moreno y largo, la hacían una mujer guapa y atractiva.

Carmen le contó que había tenido requerimientos amorosos y que habían terminado mal. Él, cuando ella le contaba alguna de esas cosas, con aquella intimidad y confianza, notaba como algo crecía en su interior.

—Juan, si no me he casado es porque no he querido, y no me casaría con un hombre sin haber convivido antes con él.

—Me parece muy bien. Eres dueña de tu vida y la organizas como quieres.

Juan notaba cómo había perdido parte de su timidez. Había sido educado en el respeto a la mujer y no concebía el sexo sin amor. Además, para eso estaba el oficio más viejo del mundo. No comprendía mucho esas películas en que hacían el amor porque sí, para practicar sexo, como si jugaran a las cartas, como si se fumasen un cigarrillo.

Más tarde, en los postres, mientras degustaba su bombón, embelesado de Carmen le dijo:

—¿Por qué no quedamos mañana viernes? Ya sé que los fines de semana te vas fuera, pero podíamos vernos después del almuerzo.

Ella quedó un poco pensativa. Lo miró mientras se retrepaba en la silla y le contestó:

—Dos cosas: no voy a seguir comiendo contigo todos los días; lo haré los jueves, como hasta ahora. Y no porque no esté a gusto contigo, sino que debo hacer frente a unos gastos que me obligan a mirar por mi economía, comiendo en casa. —Se detuvo un momento y prosiguió—. Por otra parte, ya sabes que todos los viernes me marcho y no voy a cambiar eso. Mi autobús sale a las cuatro y precisamente es el día que menos puedo entretenerme. Gracias por tu invitación, pero por ahora no podrá ser.

Juan percibió que Carmen empezaba a distanciarse, que su invitación había sido rechazada.

Llevaba un par de semanas pensándolo. Irían al cine, verían alguna buena película, pasearían por el parque, cenarían juntos y quién sabe qué podría ocurrir después.

Pero no, su ilusión se desvaneció como se desvanece el vapor de agua en el espejo. Este se empaña, lo calentamos con el secador y en lugar de aparecer la imagen de la persona deseada, aparece la figura que se refleja y que en ese momento no quisiéramos ver.

—Toma. Como te prometí, este es mi *email*. Carmen lo anotó en una hojita de papel y se lo dio.

—Y este es el mío —añadió Juan.

Y mientras abandonaban el local, dijo Carmen:

—Ya sabes, si encuentras algún libro de relatos que merezca la pena, no dejes de anotarlo. Me gustan mucho los de Horacio Quiroga.

Al atardecer de ese sábado, Carmen se sentó delante de su ordenador, se recostó en la silla, pasó las manos por sus sienes, se echó el pelo hacia atrás y reflexionó.

¿Estaba segura de lo que iba a hacer? ¿No estaría haciendo algo indebido?

Cuando dejó a Juan y vio la cara de decepción de este se sintió incómoda y quiso disculparse. Pero también quiso dar a entender que no se hiciese ilusiones. Por eso se puso seria, intransigente, en cuanto a cualquier cosa que no fuese una relación estrictamente profesional.

Ya había dado un paso del que no estaba segura. ¿Acaso no fue ella la que tuvo la idea de comer juntos?

Pero lo vio tan solo, tan necesitado, que más por amistad que por otra razón quiso prestarle ayuda.

Ese viernes en el trabajo no hubo ninguna ocasión de dirigirse a él y no quería llegar al lunes sin que tuviese algún mensaje suyo, algo positivo.

Le gustaba reflexionar y algunas veces le gustaba escribir las conclusiones. Hacía tiempo que había escrito una, la repasó y la vio conveniente.

DESPIERTA

No te dejes abatir por la luna de cada día porque mañana amanecerá y podrás mirar de frente a la vida.

Si los oscuros momentos te ciegan y no ves el final de la noche, recuerda que alguien en algún lugar, algún pensamiento, se dirige hacia ti.

Si crees que tus sueños dejan de serlo, despierta, que para realizarlos has de ser esclavo de ellos.

Y si quieres que alguien te ame, no dudes, ámalo, quiérelo, despierta, que, con sonrisas y anhelos, constancia, fe, trabajo y amor todas las ilusiones tienen lugar.

Ese domingo, Juan abrió su *email*, entraron algunos consejos de agencias de viaje, pero, sorpresa, había un mensaje de una nueva dirección. Era la dirección de Carmen y el momento de verla fue el momento de abrirlo. Decía: «Despierta».Y se dispuso a leerlo.

Su sentimiento subía como lo hace el mercurio de un termómetro.

«[…] que algún pensamiento, en algún lugar, se dirige hacia ti…», «[…] y si quieres que alguien te ame, no dudes, ámalo, quiérelo». Estas palabras venían dirigidas a él. Era un mensaje de ella.

Juan no lo dudó, lo quería. Si no, ¿por qué le iba a mandar aquel mensaje?

Tantas veces lo repitió, que *Despierta* formó parte en una hornacina de su memoria.

Ello le llevó a soñar con ella como si fuesen una pareja de amantes. Soñó.

Subían, cogidos de la mano, por la cuesta de Gómerez, con dirección a la Alhambra. Los árboles reían a su paso y se miraban como pájaros en primavera, queriendo abrazarse con sus ramas entrelazadas.

Los acantos, los avellanos, las acacias, los plátanos de sombra, los tejos, formaban distintos doseles en los que competían por un trozo de vida.

Querían compartirla porque era lo que sentían, un hálito vital que había surgido entre ellos, como nace la primavera tras el invierno, como en la hierba vemos de pronto el nido de la alondra.

En uno de los rincones, Juan se acercó a su amada. Carmen la rodeó con sus brazos y enlazados sintieron un anhelo infinito de ternura, de amor guardado en el corazón.

El despertar no fue como otros días, tenía una expresión de felicidad en la cara. Una alegría como nunca había sentido, como si fuese un adolescente que descubre por primera vez la pasión.

5

El aprecio

El lunes por la mañana, Juan saludó a Eva y a los demás compañeros. Tomaron sus asientos y Juan observó que Carmen no se había presentado. Se preguntó: ¿dónde estará?

—Eva, ¿sabes algo de por qué no ha venido Carmen?

—No, a mí no me ha comentado nada. Pero seguro que el director lo sabe.

No iba a preguntarle al director, pues no quería descubrir sus sentimientos. Bueno, no habrá podido venir por la razón que sea, ya me enteraré.

Con su periódico en la mano, Juan se sentó en el sitio habitual que Carmelo le tenía reservado. Le dijo que atendiera al resto de la clientela, pues a él no le importaba esperar y no tenía mucho apetito. Aprovechó para leer el periódico y leyó una noticia sobre un atentado terrorista en el que habían muerto veinte personas, entre ellos cinco niños. Decidió escribir una carta al director manifestando su solidaridad con las víctimas y su lamento por el mundo en que vivían. No era lo que le gustaría hacer, pero, al menos, manifestaba su solidaridad con los afectados.

—Don Juan, ¿le pongo ya de comer?

—Sí, Carmelo. ¿Qué tenemos hoy?

—Pues el cocinero, para algunos clientes como usted, ha preparado migas con chocolate.

—Sí, pues me gustaría probarlas.

Carmelo, con cara de satisfacción por haber acertado con el menú, marchó a pedirlas en la cocina.

Juan lo observó al marchar y le pareció un joven apuesto y, aunque era delgado, no dejaba de ser bien parecido. Tendría unos veinte o veinticinco años y pensó cuán diferentes eran los jóvenes de ahora con los de su generación.

No tardó mucho en volver. Traía una cazuela con migas y un tazón con chocolate.

—Que aproveche.

—Gracias, Carmelo.

Sin más preámbulo, tomó su cazuela con las manos, la acercó a sus fosas nasales y percibió el olor del pan frito caliente, de los ajos y, como Bloom en el *Ulises*, recordó otra época de su vida, aquella en que su madre lo mimaba y quería y es que el chocolate estaba impresionante.

—Por favor, sería posible que la señorita Carmen las probara. Es que las migas y el chocolate están riquísimos.

—Verá, no las tenemos en la carta, pero hablaré con el cocinero para ver si puede hacer este plato para algún jueves que vengan ustedes. Creo que sí, y le avisaré el día antes para darle una sorpresa a la señorita Carmen.

Quedaba muy poca gente en el comedor y Carmelo continuó la conversación.

—¿Qué tal van las relaciones con la señorita Carmen?

—Carmelo, no te permito que preguntes nada sobre mi vida privada.

—Pero, don Juan, es que está tan buena… Uno se relame nada más pensar en lo que haría con ella. ¿Se la ha tirado ya?

—¡Carmelo! —gritó—. No te consiento que hables así de la señorita Carmen. Es una persona muy respetable.

—Usted perdone. Usted perdone. En absoluto quería ofenderle, pero así es como hablamos entre mis amigos cuando vemos a una tía buena. ¡Oh, perdón! No volverá a ocurrir más.

—Eso espero o de lo contrario hablaré con el dueño del restaurante para presentarle mis quejas sobre ti.

Mientras andaba por la calle con dirección a su hotel, la indignación crecía en su interior. Pero ¿cómo se le ocurrió a Carmelo decir aquello? ¿Acaso creía que era su querida? ¿Que estaban liados? ¿Que Carmen era una mujer cualquiera?

Y, no obstante, pensó que en algo llevaba razón. Que era una mujer guapa y bien formada.

Notó cómo sus hormonas se removían y sus pensamientos se traducían en algo físico.

Carmen no apareció ni el martes, ni el miércoles. El jueves observó cómo ocupaba su asiento, conectaba el ordenador y se disponía a trabajar. La alegría de Juan al verla era tan patente en su cara que ni podía ni quería disimular.

—Te veo muy bien, Juan.

—Y yo a ti, Carmen.

—¿Me has echado de menos?

—Qué cosas tienes. Claro que sí.

—Entonces, ¿continuamos almorzando juntos?

—Por supuesto que sí.

—Ya te contaré.

Sin más, Carmen se dispuso a revolver los expedientes que le había preparado Juan.

Sentados en la mesa charlaban mientras comían.

—Tengo que decirte una cosa —dijo Carmen.

Juan notó cómo le subía el calor interior, pensando que le hablaría del *email*.

—Dime.

—He estado en el médico.

Juan se llevó una decepción, pues esperaba algún comentario sobre el *email*.

—Resulta que me han detectado un tumor ovárico y no saben si se trata de un quiste o de algo más serio. Me han hecho una biopsia y tardarán unos días en contestarme. El médico me ha dicho que lo más probable es que no tenga mayor importancia.

—Lo siento. No sabía que estuvieses enferma.

Tras un corto silencio, Carmen añadió.

—Aún no lo estoy. Sí en riesgo de estarlo. Ya veremos. Y no sé por qué te cuento esto. Creo que tengo amistad suficiente para hacerlo.

—Haces bien.

Juan se hizo la promesa de que de ninguna manera podía traicionarla.

—Seguro que será un cuadro benigno y no tendrás mayor dificultad.

Miraba a Carmelo con ojos enfadados y rencorosos, recordando la falta de consideración hacia ella por parte de él y sus amigos.

No quiso hacer ninguna mención al *email* recibido, pues no le pareció un momento oportuno.

Esa noche, tendido en su cama, mirando hacia el techo, Juan recordaba lo ocurrido al mediodía. ¿Por qué le había contado aquello? ¿Acaso no era aquello una preciosa amistad? ¿No habría algo de amor? ¿No sería que se sintió sola y necesitó comunicarse con alguien querido?

Tomó una determinación: el sábado le enviaría un *email* algo subido de tono, para que se sintiera acompañada y querida. Que supiera que alguien la amaba, que no estaba sola.

Ese sábado se despertó temprano, dio media vuelta en la cama y optó por levantarse. Se dirigió a su mesa y conectó el ordenador empezando a escribir.

> *Querida Carmen:*
>
> *Pienso continuamente en ti.*
>
> *Quiero que hagamos un viaje a la orilla del mar.*
>
> *Te veo conmigo en un día soleado de otoño, en que el sol nos transmite ese calor que conforta los cuerpos y alegra el espíritu.*
>
> *Siento el afecto de tu mano, tu mirada.*
>
> *Nos sentamos en la arena. Rodeo tus hombros con mis brazos.*
>
> *Y te miro. Me miras. Tus ojos me transmiten vida, esperanza.*
>
> *Siento que el mundo tiene sentido. Contigo.*
>
> *Acerco mis labios a los tuyos.*

Una cálida emoción recorre todo mi cuerpo. Nos besamos.

Percibo como un ligero temblor recorre todo tu ser.

Recuestas tu cabeza en mi pecho.

Siento tus labios en mi cuello, tu cálido aliento. Tu fuego.

Te recuestas sobre mí y me dejo llevar. Siento el ardor de tus senos.

Tus besos cálidos, apasionados, me transportan. Me resucitas.

Quiero abrazarte entera, apretarte contra mí, fundirme contigo.

Te miro de nuevo y veo tu cara con los ojos entornados, relajada, feliz. Te beso de nuevo y tú abres los ojos, sorprendida.

Las yemas de mis dedos caminan por tu piel fina, tersa, suave.

Recorriéndola con suavidad e intensidad.

Acaricio tu sexo, haciéndote temblar, viviendo tus gemidos, sintiendo tu emoción en cada poro del camino.

Tu vello erizándose al paso de mis caricias.

Y la envió.

6

Lágrimas de la virgen

El lunes por la mañana Juan ya había organizado los expedientes para entregárselos a Carmen, cuando se acercaron Eva y ella charlando animadamente. Le sonrió, pero mientras la sonrisa de Eva fue una sonrisa abierta, pudo notar en Carmen una cara de contrariedad e incluso de menosprecio.

Incómodo, Juan se dedicó a su labor y pasó toda la mañana sin que Carmen le dirigiera la palabra. No se explicaba qué podía haber ocurrido. De vez en cuando, la desazón interior que le producía esa situación hacía inevitable que la mirase, y la veía totalmente absorta en su trabajo, aunque no sabía si era por exceso de celo o porque no quería mirarlo.

Antes de salir, Carmen se dirigió a él.

—Juan, por favor, quisiera que hoy almorzáramos juntos.

—Por mí encantado.

Y aunque aceptaba la invitación de Carmen, no dejó de notar cierto desaire en aquel ofrecimiento.

—Por favor, Carmelo, hoy quisiera una mesa apartada.

Este se extrañó de la petición de la señorita Carmen.

—Sí, sí. Hay una mesa en donde se sienta don Juan cuando viene solo.

Y allí se dirigieron y tomaron asiento.

—No tengo mucho apetito —dijo Carmen—. Tráeme una tortilla a la francesa y un flan de postre.

—¿Solo eso? —preguntó Carmelo.

—A mí me traes lo mismo. Tan poco yo tengo mucho apetito.

Carmelo barruntaba que algo ocurría. Caras serias, distancia entre las sillas, poco apetito. Aquí ocurre algo.

—Vamos a dejar las cosas claras —empezó a hablar Carmen.

Juan asintió sin entender de qué iba aquella actitud.

—¿No te da vergüenza mandarme ese *email*? ¿Acaso piensas que soy una mujer fácil? ¿Que soy una fulana? —Juan no pudo seguir comiendo—. Sí, un día te dije que antes de irme a vivir con un hombre conviviría con él. Es cierto, pero en nada me refería a ti. ¿Acaso sabes algo de mi vida? ¿Te gustaría saber que he tenido varios novios? ¿Sabes si ahora mismo tengo algún amante?

—Sí, pero en el correo que me enviaste decías: «Si quieres que alguien te ame, ámale, quiérele». Pensaba que te referías a ti y a mí.

—Por Dios, si solo eran unos versos. ¿Ves como no me conoces en absoluto? Es que soy aficionada a la poesía y, aunque no tengo muchos dones de poetisa, me gusta de vez en cuando escribir algo. Pero nada más.

Juan, azorado, confuso, avergonzado, agachó la cabeza y no sabía qué responder. ¿Qué había hecho él? Únicamente mandar una carta de amor con algo de erotismo.

Observó cómo Carmen lo miraba con altivez.

—Pero ¿cómo has podido creer que yo te quería? ¿Acaso te he dado motivos para ello? —Se detuvo un momento—. ¿Sabes que cuando te iba a enviar el poema lo pensé? Me dije: «¿Creerá Juan que estos versos quieren decir más de lo que dicen?» Y así ha sido. Quiero dejar claro desde este momento que no te quiero. Que para mí solo eres un compañero de trabajo. Y nada más. ¡Nada más!

—Lo siento, Carmen. —Juan no podía articular palabra—. Me salió del corazón y por eso te envié ese correo. No lo tomes a mal, a fin de cuentas, es humano querer y desear a otra persona.

—Pues nunca más me vuelvas a enviar ningún correo y, si me diriges la palabra, que solo sea para asuntos profesionales. No volveremos a almorzar juntos. Nuestra amistad se ha terminado.

Juan seguía sin entender nada. ¿Qué había hecho? ¿Tan grave era para que ella actuara de esa manera? ¿Le había faltado al respeto? Si solo era un mensaje, si solo era una carta de un hombre enamorado. No lo entendía. No podía entender cómo de pronto ella cambiaba de esa manera.

Intentó durante la siesta conciliar el sueño. No durmió, no podía conciliarlo.

«Pero ¿cómo has podido creer que yo te quería?».

Esa frase, más que otras, le llegó al alma y veía a Carmen con acritud, con agresividad, como si fuese una persona totalmente extraña, dirigiéndose a un indeseable, a alguien que no merecía ser amado.

No podía seguir en la habitación, necesitaba respirar, marchó al parque y allí vio las lágrimas de la virgen. Pero ¿qué había ocurrido? ¿Eran las mismas flores que el domingo? No podía creerlo. Sí parecían realmente tristes. Sí parecían lágrimas de verdad. Cuando dio su cotidiano paseo estaban alegres y preciosas con su color blanco e inmaculado.

Se acercó, tomó una de ellas y la miró con detalle. Y sí, estaba dolorida, abatida, afligida. ¿No sería cosa suya? ¿Podían las flores entristecerse?

No pudo evitar que unas gotas salieran de sus ojos y cayeran sobre ellas.

Cuando al día siguiente llegó la hora de ir a la empresa, no pudo levantarse. Se miró al espejo y tenía un aspecto lamentable: abatido, sin dormir, con aquellas tremendas ojeras. No se encontraba en condiciones de trabajar y tampoco quería que nadie lo viese en ese estado. Menos todavía, Carmen.

Al llegar las nueve telefoneó. Habló con la centralita y solicitó que lo pusieran con el director de la empresa.

—Don Nicolás, soy Juan, el de censos.

—Sí, dime. ¿Qué ocurre?

—No me encuentro bien y quisiera que hoy me excusara de trabajar.

—Por supuesto. Si eres el que no ha faltado nunca a esta oficina. Oye, ¿quieres que llame a algún sitio? —añadió don Nicolás—. Hablaré con el enlace sindical.

—Gracias. Si no le importa, quisiera que me pusiera con Eva, la jefa de sección.

—Ahora mismo. Cuídate que no quedan personas como tú.

Al poco rato, sonó el móvil de Juan y vio en la pantalla «número privado». Supuso que era Eva y habló.

—Sí, ¿Eva?

—Sí, soy yo. Don Nicolás me ha dicho que no te encontrabas bien y que hablara contigo.

—Verás, quisiera que nos viéramos esta misma tarde. Si te viene bien a eso de las cinco. Te espero en un banco del parque frente a mi domicilio.

—Sí, sé dónde es. Pero ¿pasa algo grave?

—No, cosas personales que quiero comentarte.

—Bien, allí estaré. Cuídate.

—Hasta luego.

Llegó las cinco y media, y Eva no había llegado. Seguro que tendría alguna justificación, pues era de lo más puntual. Veía cómo los chiquillos jugaban en un parque infantil, pequeño y reservado. La edad del paraíso, de la felicidad. No tardarían mucho en que las hormonas harían acto de presencia, removerían sus cuerpecitos y los transformarían para siempre. Como a él.

—Buenas tardes, Juan —dijo, sentándose a su lado—. ¿

Qué te ocurre?

Notó su cara de tristeza, su aflicción y, sobre todo, el cambio en su indumentaria, con su chaqueta arrugada, con el jersey que parecía puesto al revés, sin afeitar, con las enormes ojeras. Él que había cambiado tanto en los últimos tiempos.

Entraron en una cafetería, se sentaron y pidieron: él, una Coca-Cola, y Eva, una copita de anís.

—Pero ¿qué te ha pasado? ¿Qué te ocurre?

—Carmen, es Carmen.

Eva se dio cuenta enseguida de que debía tratarse de alguna cuestión amorosa.

—Pues tienes que controlarte. Que pareces un chiquillo.

—Sí, lo sé, me he enamorado como si fuera un adolescente.

—Vamos, vamos, que no será para tanto.

Eva era una mujer de mediana edad, bien parecida, pelo castaño, ojeras pronunciadas, amable y bondadosa. Se le notaba en la cara, en que sus facciones dulces transmitían la empatía de una persona encantadora.

A pesar de que Juan llevaba varios años en la ciudad, él no quiso atender a sus invitaciones para comer e ir de viaje. Era como si intuyese algún problema y de ninguna manera quería inmiscuirse en la vida privada de los demás.

—¿Qué ha pasado?

Le contó que le había mandado un escrito. Lo había imprimido y se lo dio a Eva para que lo leyera. Lo hizo con mucha atención y dijo:

—Sí, tiene algo de erotismo, pero nada importante, al menos, para Carmen, que parece una mujer moderna. Sospecho que ella debe tener algo o alguien que la está molestando y que oculta deliberadamente.

—Está en todo su derecho de hacerlo así y, si ella no quiere compartirlo con los demás, nosotros debemos respetarlo. Tú tienes que seguir con tu vida y superar estos malos momentos. Lo que no debes es faltar a tu trabajo, creo que no es suficiente motivo.

Mirando el reloj añadió:

—¡Qué tarde se ha hecho! Debo marcharme para recoger a mis hijos. Ya deben haber terminado sus clases de baile y música y me estarán esperando.

—Sí, darte esta tarjeta de un psiquiatra muy amigo mío, excelente persona y mejor profesional. Están para ayudarnos a resolver problemas cuando los tenemos.

Y, cogiendo su bolso, se marchó.

Juan quedó sumido en la desolación. Recordó el relato de Cheever *El marido rural.* ¿Acaso no le diría al psiquiatra lo mismo que en el relato *El marido rural,* de Cheever, Francis Weed le dijo al suyo?

—Doctor Herzog, estoy enamorado.

7

Don Fidel

Juan tenía el sueño trastornado, se le abrían los ojos a las cinco de la mañana e incluso antes. No podía volver a cerrarlos y únicamente recordaba a Carmen reprochándole su carta.

Luego, durante el día, estaba somnoliento, sonámbulo, sin servir para nada.

Se levantaba y unas veces encendía la televisión y otras cogía un libro en sus manos.

Recordaba aquellos versos de Cheever:

¿Y conseguiste lo que querías?
¿Y qué querías?
Considerarme amado.
Sentirme amado en la tierra.

Lloraba, como un chiquillo, como alguien que ha perdido a una persona querida, como enamorado que de pronto pierde a su amada.

No podía seguir así. Llamaría al doctor que le recomendó Eva.

Le contestó una señorita.

—Don Fidel, por favor.

—Sí, ¿qué quería?

—Soy Juan López. ¿Podría verme esta misma tarde?

La señorita consultó su dietario y le contestó:

—A eso de las ocho. ¿Le viene bien?

—Gracias, estaré ahí a esa hora.

A las cinco de la tarde, se introdujo en el baño, graduó el agua de la ducha hasta que casi quemaba. Necesitaba una sesión larga y relajante, pues llevaba unos días sin asearse.

Se enjabonó con fuerza, para cambiar de piel y olvidar sus roces con Carmen, pero no pudo.

En cambio, notó cómo su miembro viril se erguía, como si alguien hubiese encendido su cuerpo y la llama crecía cada vez más. La deseó, la deseó con todo su ser, y no pudo más y con fuerza se masturbó, algo que no hacía desde su adolescencia.

A las siete estaba en la consulta. Dos sofás y tres sillones. Unos cuadros, reproducciones de las montañas de los Alpes, colgaban de la pared y de unos altavoces ocultos llegaba una música relajante y bonita. En el sofá se sentaba una pareja de mediana edad y la mujer debía tener algún desvarío, pues su rostro reflejaba algún problema interior y parecía como si no estuviera allí.

En el otro sofá había dos personas, una de ellas era mayor y le temblaban las manos. Lo acompañaba una chica joven que lo miraba con ojos de comprensión y cariño. Puede que fuera su nieta.

Y él, que no podía disimular su cara de tristeza.

Eran las ocho y una señorita le dijo que pasara al despacho del médico. Era el último de los pacientes.

—Por favor, siéntese. Me llamo Fidel y espero que no sea demasiado tarde, pues a estas horas suelo terminar mi consulta. Me llamó mi amiga Eva y me insistió en que lo viese hoy mismo —dijo mientras extendía su mano.

—Yo soy Juan López Cejas y no me importa la hora. Gracias por recibirme.

Don Fidel se acercó a su ordenador y le preguntó por información suficiente para completar su ficha de enfermo.

—Bien, cuénteme qué le ocurre. Confío en que podré ayudarlo.

Y Juan, con ese mensaje de don Fidel, se tranquilizó.

—Don Fidel, amo a una mujer que no me quiere. Sin buscarlo, porque sí, me he prendado de una compañera de trabajo. No puedo apartarla de mi pensamiento. Estoy preocupado. La otra tarde se me ocurrió asomarme a mi balcón y al ver la calle abajo me entraron muy malos pensamientos. Principalmente, eso es lo que me ha motivado venir a visitarlo. Nunca creí que ese mal pensamiento me rondara la cabeza.

Juan observó que don Fidel seguía muy atentamente su declaración. Le tranquilizaba su actitud reposada, comprensiva, con un talante respetuoso.

—No se preocupe, relájese y siga contándome.

—Cuando estoy cerca de ella, sin necesidad de tocarla, solo con su proximidad, noto como si de repente alguien me acariciase los testículos, mi miembro y ardo de deseo. Ni en mi juventud noté algo así.

—Juan, me parece que te ha erotizado. —Miró mi ficha y añadió—: Tienes cuarenta y dos años, y estás en plena crisis de los cuarenta.

Don Fidel se removió en el asiento y dijo:

—Sospecho que debe de haber algo más. ¿Me ocultas algo?

—Sí, hace pocos días le envié este mensaje.

Le entregó el mensaje que lo tenía grabado.

—¿Te importa que me lo quede? Es para unirlo al expediente.

—Por supuesto que no.

Tras leerla comentó:

—No encuentro en el escrito nada que sea verdaderamente importante. Pero una cosa sí veo clara: lo que te ocurre es completamente normal.

»Eres una persona sensible y ella debe estar acostumbrada a que los hombres quieran aprovecharse de su físico. Está claro que no ha entendido tu actitud. Pero tienes que ser fuerte. No faltes a tu trabajo, forma parte de tu vida y no sería nada bueno que lo perdieras. Si Carmen está a tu lado, no te preocupes, trátala como a una compañera más. Ten en cuenta que lo que te sucede es algo muy humano.

Tomó su talonario de recetas, escribió algunas prescripciones y lo mandó a que observara con firmeza las indicaciones.

Le insistió.

—Sé valiente. Verás como estos medicamentos te ayudarán mucho.

Y levantándose, no sin antes dar las gracias a don Fidel, se despidió pagándole la consulta y quedando en una cita con la enfermera.

Pasaron dos días y, entrando en la oficina, Juan se dirigió a su sitio, encendió su ordenador y pasó a ver cómo estaba su mesa. Todo estaba en el lugar de siempre y no había ningún expediente en ella. Se notaba nervioso; por una parte, no quería ver a Carmen y por otra estaba deseando verla. La vio atravesar por el pasillo charlando animadamente con Eva.

—Buenos días, Juan —dijo Eva—. Qué alegría verte.

—Hola, Juan —dijo Carmen con tono un tanto despectivo.

Juan atendió su saludo y, sin más preámbulo, se dedicó a su trabajo.

8

Una copita de anís

La mañana pasó tranquila. Las pocas veces que se dirigió a ella, lo hizo de una forma estrictamente profesional. Las respuestas que obtuvo fueron lacónicas, secas, sin ningún acompañamiento de una sonrisa ni de ninguna amabilidad. Esta situación le carcomía por dentro, ya que no creía ser merecedor de ese trato. Por otra parte, se interesaba por ella. Quería preguntarle qué resultado tenía de la biopsia que le habían hecho. Si era algo serio.

Se propuso que cuando pudiera le preguntaría por ello. A fin de cuentas, era una pregunta de amigo, un mero interés cariñoso que no creía que la molestara.

Al salir del trabajo, Eva se dirigió a él.

—Juan, quiero hablar contigo.

—Cuando quieras.

—Esta tarde debo llevar a mis hijos a clase de música. Si te parece, quedamos a eso de las cinco.

—En la cafetería Sonia. Allí estaré.

La despedida fue tan fría como la entrada. Ni siquiera quiso decirle adiós.

—Recuerda, a las cinco.

A las cuatro y media entró en la cafetería Sonia.

Se sentó en una mesa, llamó al camarero y le pidió una Coca-Cola. También le pidió la prensa del día.

—Sí, está libre. Ahora se la traigo.

Se enfrascó en la lectura, hasta que notó un golpecito en el hombro.

—Buenas tardes.

—Hola, Eva.

—¿Me invitas?

—Claro que sí. ¿Qué quieres tomar?

—Pues mira, me apetece una copita de anís dulce.

Juan, después de pedírsela al camarero, la invitó a su lado y

Eva empezó a hablar.

—Por favor, tranquilízate y escucha. He hablado con Carmen. Al principio, era muy reacia, pero luego se volcó. Ha notado que sus decisiones te han afectado mucho y quiere compensártelo de alguna manera.

—Verás, Carmen tiene un novio. Debe tratarse de algún antiguo amorío, pero me ha dicho que la acosa y que, últimamente, está cediendo y no sabe qué hacer.

Su experiencia con él me ha dicho que fue muy penosa y no quiere volver a las andadas.

—Se ha dado cuenta de que se ha portado brusca y distante contigo, pero tiene un buen concepto de ti y no quiere hacerte daño. Por eso me recomendó que, dada nuestra amistad, hablara contigo. Ella no está segura de cómo reaccionaría ante ti, y dado el pronto que a veces tiene, me pidió que lo hiciera yo.

—Por otra parte, yo no soy ninguna alcahueta. Simplemente quiero ayudar a unos buenos amigos, especialmente a ti.

Juan estuvo pendiente de Eva con los cinco sentidos, absorto e intentando procesar aquella información. Miró su rostro en el reflejo de la ventana y estaba tan abatido, tan desmoralizado, tan deprimido que Eva percibió su desconsuelo y, cogiéndolo del brazo, ayudó a levantarlo y dijo:

—Vamos. Te acompaño a casa. —Y dejándolo en el portal, añadió:—Debo marcharme. Me esperan mis hijos y mi esposo. Anímate, que la vida continúa y si alguien sobra somos algunas mujeres.

Entró en el ascensor, pulsó la planta, y al llegar a ella, abrió la puerta del elevador, esta daba directamente al pasillo de su piso, abrió la puerta del apartamento y, al encontrarse la ventana abierta, le pareció que entre la puerta de entrada y la ventana había un pasadizo que lo invitó a penetrar en él y dar un gran salto a la calle.

Se agitó mucho y observó cómo le temblaban las manos y casi todo el cuerpo. Se apoderó de él un miedo irracional y, sentándose en su sillón, cogió el móvil y llamó a don Fidel. Le había dicho que si sentía malos pensamientos lo llamase de inmediato, fuese la hora que fuese.

—Don Fidel, no puedo más.

—Serénate. Son las ocho y voy a cerrar la consulta de inmediato. Debo hacer una visita y a eso de las nueve estaré contigo.

Una vez en su apartamento, don Fidel le dijo:

—Juan, estás muy necesitado de cariño y de caricias. Como casi todo el mundo. Pero me temo que esa necesidad te ha llevado a enamorarte de una desconocida. ¿Cuántas veces habéis salido juntos? ¿Habéis ido a cenar, a bailar? ¿Has pasado alguna noche con ella? Entonces, ¿cómo es que te has enamorado? Según me dices, se trata de una mujer guapa. Y sí, esos pequeños roces que has tenido con ella han hecho que te erotices. Sí, creo que te ha erotizado y eso ha despertado en ti sensaciones y deseos propios de alguien escaso de ellos.

—Tampoco es de recibo que, sin tener suficiente amistad con ella, le envíes una carta un poco subida de tono y ella habrá sentido invadida su intimidad. Al verte tan precipitado, la has hecho dudar y ella ha querido cortar por lo sano para evitar sufrimientos tanto a ti como a ella.

—¿Y qué hago, don Fidel?

—Haz tu vida habitual. Intenta disculparte, pero sin agobiarla. Dile que no has pretendido serle deshonesto.

—Don Fidel, gracias por su visita. Me ha aliviado mucho.

—Respecto a medicación sigue con la que te indiqué. Eso sí, sé riguroso al tomarla y no te saltes ninguna toma.

9

El desamor

Haciendo caso a Eva, Juan se trasladó a Madrid. Ella misma se había encargado de la tramitación de la solicitud y anduvo los pasos para que lo atendieran. Los cursillos durarían unos dos meses, tiempo suficiente para que la cabeza de Juan se olvidara un poco de Carmen y pudiera centrarse un poco.

Pero la naturaleza, en caso de que el amor se una al deseo, no está dispuesta a ceder, abre algunas hornacinas de la memoria, las actualiza y mira por su propio interés, trayendo nuevas vidas a su patrimonio.

Juan comprendió que hacer los cursillos para alejarse una temporada de Carmen era inútil, se había convertido en una enfermedad, en algo que llevaba muy adentro y que tampoco en el fondo quería olvidar.

De regreso observó que la ciudad no había cambiado, incluso el quiosco de prensa que estorbaba para la circulación continuaba en su sitio. Pero él notaba que sí había cambiado.

Veía la necesidad de resignarse y notaba que las medicinas que le había recetado don Fidel empezaban a surtir efecto. Dormía mejor y se sentía con ánimos para hacer frente a la vida y a otras circunstancias.

Nada más llegar a su hostal tomó el móvil y llamó a Eva.

—¿Eva?

—Juan, ¿cuándo has regresado? ¿Qué tal el viaje?

—Bien, ningún inconveniente.

—Ya te contaré mañana. ¿Sabes algo de Carmen?

—Pablo, no tienes arreglo. Lo que quiero es que me cuentes cómo ha sido el curso y qué materias habéis actualizado. Lo demás vendrá por añadidura.

Apagó su móvil y se dio cuenta, nada más llegar, de que seguía enganchado.

Tras saludar a cada uno de los compañeros, se sentó a su mesa y esperó. Enseguida entró Carmen.

—Buenos días, Juan.

—Buenos días, Carmen.

Puesto que Carmen no preguntaba por el viaje, Juan continuó.

—He aprovechado bien el curso y quiero explicarte algunas novedades que nos afectan a nosotros.

—Bueno, ya me las explicarás.

Contestó en un tono amable y cálido que llamó la atención de Juan.

A pesar de que le habían advertido sobre los prontos de Carmen, pasado un rato no pudo contenerse.

—Carmen, quisiera almorzar contigo y charlar un rato.

Ella le contestó.

—Sí, creo que sería bueno aclarar algunas situaciones.

Aquel día el restaurante tenía más comensales de lo normal, pero la mesa de Juan, Carmelo siempre la tenía reservada para él.

—Me alegro mucho de verlos juntos. ¿Qué quieren tomar? —preguntó Carmelo.

—El menú del día —dijo Carmen.

—Yo también.

Entraron en el restaurante y se sentaron.

—Llevamos tiempo que no hablamos, no te niego que por mi culpa, y quiero esclarecer algunas cosas. Sé que eres un hombre bueno, pero de antemano te digo que no soy mujer para ti. Te pido disculpas porque el último día que comimos juntos fui muy agresiva.

—Te recomiendo que, si puedes, leas el relato *¿Por qué lo hiciste?,* incluido en el libro del mismo título de Bartolomé Sánchez Roldán. Eso te aclarará cómo a veces suelo comportarme. Me conozco y sé que te haría sufrir.

—Debes saber que tengo mi pareja y solemos vernos los fines de semana. Por eso me voy los viernes por la tarde, aunque si te digo la verdad, llevo algún tiempo que las cosas no andan demasiado bien.

Juan, entre la sorpresa que le producían aquellos hechos, al mismo tiempo que le herían y le trastornaban, no pudo articular palabra.

—Verás que cualquier otra postura sería traicionar a mi pareja y, con la cosa de que soy una mujer guapa y atractiva, debo esquivar a pretendientes que me desean y supongo me quieren.

—Pero tu invitación a una relación, ahora no. Necesito estabilidad emocional. Sé que me esperan pruebas muy duras. Tienes muchas cualidades y por eso no quiero que creas que pienso mal de ti. Pero no ahora, necesito saber lo que quiero. No soy esa mujer tan segura que crees que soy.

Juan escuchaba más enamorado que nunca.

—Por otra parte, debemos separarnos. He solicitado a don Nicolás que me traslade a otro departamento.

—Únicamente añadir una cosa: ¿recuerdas que te dije que me habían hecho una biopsia? Pues por las caras que veo en los médicos parece que se trata de un cáncer de ovario.

Y notó cómo algunas lágrimas surgían de sus ojos.

Juan no podía más. Eran demasiadas noticias, demasiado serias, no estaba preparado para procesar con rapidez tantas cosas.

—Carmen, siento mucho lo que te pasa. No me esperaba esto, pero no dudes que si me necesitases estoy contigo. A pesar de todo te quiero y entiendo que una de mis misiones en la vida es ayudarte en todo lo que pueda.

—Lo sé. No obstante, debes saber que, si cambio de opinión, si mis sentimientos cambiasen, tú serías el primero en saberlo.

—Nos vemos.

Y, dándole un beso en la mejilla, se despidió de él mientras extasiado contemplaba su contoneo.

10

La embriaguez

—Don Juan, hoy es sábado. Termino a las once y si quiere podíamos realizar una visita al club de la carretera de Madrid.

—Carmelo, por favor no te rías más de mí.

Pero Juan cedió. A fin de cuentas, no le vendría mal desahogarse un poco y apagar aquel incendio que algunas veces lo quemaba.

Al entrar en el club, no se dirigió a ninguna de las señoritas que en ese momento ocupaban la barra. Otras, sentadas y acompañadas, tenían entre manos algo más que un entretenimiento. Una de ellas, Esmeralda, se acercó, lo rodeó con sus brazos y le dijo.

—¿Me invitas a un Martini?

—Por supuesto que sí.

Juan se preguntó de pronto ¿qué diablos hacía allí?

Hizo señas a Carmelo y se le acercó.

—Carmelo, me marcho.

—Pero ¿cómo va usted a irse tan pronto? Si la chica que se le ha acercado es de lo mejor de la casa. Además, ha venido conmigo y también volverá conmigo. Si no le apetece ligar con ninguna, no lo haga. Tómese algo. Yo estoy con aquella preciosidad rubia. —La señaló con la mano—. Estoy a punto de quedar con ella y ahora no estoy dispuesto a abandonar. Relájese y diviértase.

Carmelo sonrió a un camarero conocido y le dijo que atendiese a don Juan.

—A don Juan que no le falte ni gloria. Tú te encargas de ello.

—De acuerdo. Así se hará.

—Un Martini con ginebra, por favor.

Juan, sin saber por qué, lo bebió de un solo trago.

—Otro, por favor.

Y así siguió un buen rato, hasta la llegada de Carmelo.

Cuando este lo vio, se llevó las manos a la cabeza.

—Pero, don Juan, ¿qué le ha ocurrido?

—Nada, nada.

Y Juan, más que hablar, balbuceaba.

—Vamos, lo acompañaré a casa. Por favor, ayúdeme —dijo al camarero.

Con no poco trabajo lo cogieron cada uno de un brazo, sacándolo del club y lo introdujeron en el coche, mientras Carmelo se informaba del *barman* de lo ocurrido.

Enterado del abuso de la bebida, este no dejaba de reñirle.

—Pero hombre, don Juan, si usted no es bebedor. Si no está acostumbrado a beber, ¿cómo ha mezclado varias bebidas?

—Mire usted que tengo experiencia, porque en el bar se ven muchas cosas. Beber para olvidar los problemas es cosa que hacen algunos y lo que ocurre es que al día siguiente los tienen más grandes. Ya me contará usted.

Pero Juan no estaba en este mundo. Ni en otro. Nada más moverse el vehículo hizo un ademán a Carmelo para que se detuviera y este, que quería a su coche más que a cualquier mujer del planeta, con prontitud y rapidez, temiendo lo que iba a ocurrir, aparcó en el arcén.

No hizo más que abrir la puerta cuando la boca de Juan se convirtió en un torrente de detritos malolientes y todo lo que había tomado fue a parar a la cuneta.

—Me encuentro mal.

—¿Cómo se va a encontrar? El camarero se ha aprovechado de usted. Y si no, ¿vea la cuenta? Y —Y le ofreció la factura—. Esa no es manera de beber.

—Llévame a casa.

—Pues claro. Acaso cree que lo voy a llevar de nuevo al mismo sitio. Menos mal que yo al menos lo he aprovechado. ¿Cómo se movía la rubia?

Pasó una mala noche. Los dolores de estómago, los retortijones, las náuseas, no lo dejaron dormir.

Pero soñó.

He aquí que se le aparece la chica que lo atendió en el club, se sentó a su lado de la cama, abrió las sábanas y lo besó bajando desde la barbilla hasta llegar a su pene. Lo tomó entre sus manos, lo acarició con dulzura mientras lo besaba, lo introdujo en su boca y de pronto, ¡paf!, eyaculó.

Pasar esto y despertarse de manera brusca fue una misma cosa.

Notó que su espíritu bajaba del templo del placer, pero aquella bajada no le era nada satisfactoria. Una congoja se apoderó de su persona dejándolo angustiado, ansioso y afligido.

Más tarde, la resaca hizo acto de presencia. Dolor de cabeza, náuseas, sensibilidad a la luz.

Se sintió tan mal que se prometió no volver a beber.

Con rapidez, al entrar en la empresa, marchó a su puesto de trabajo. De ninguna manera quería que Carmen lo viese en ese estado.

Eva sí. Pero Eva era otra cosa.

—Buenos días, Juan.

—Pero ¡qué mala cara tienes! ¿Dónde has estado este fin de semana?

—En la cama. He estado enfermo.

Se sintió descubierto. Eva lo miró comprensiva.

—No tienes cara de enfermo, la tienes de haber cogido una notable cogorza. No disimules, te has pasado con la bebida y te ha sentado mal. No lo vuelvas a hacer. ¿Crees que eso va a solucionar tus problemas? Si acaso, los empeorarás.

11

Despertar y una grata sorpresa

Cada día se encontraba con mejores ánimos, con ciertas ganas de vivir. Tras recuperarse del exceso de bebida, había recuperado su ilusión por el trabajo, por la lectura y adquirió un libro titulado *Antología del cuento norteamericano*, prologado por Richard Ford. Para él fue un bálsamo espiritual.

Tras almorzar le parecía oír a su madre. ¡Vamos a la cama! Aquella era una orden de alguien querido y había que obedecer. ¡A dormir!

Durante una hora, Juan, no contaba para el mundo.

La siesta era para él algo imprescindible, necesario para su equilibrio y para compensar la falta de sueño que casi siempre tenía. Seguía despertándose muy temprano, se despabilaba, daba algunas vueltas en la cama y la figura de Carmen le ocupaba la mente.

¡¡Pero cómo has podido creer que yo te quería!!

Aquellas palabras martilleaban su cabeza y le hacían caer en una profunda tristeza. ¿Acaso él no era digno de que lo amaran? ¿Es que él no podía amar? Para olvidar no tenía más remedio que levantarse y, tomando el libro en sus manos, retomar la lectura. Su habitación, con aquella penumbra, le pareció un lugar apropiado para ello.

Desde que comienza el calor a primeros de julio, la vida en Andalucía se paraliza, se detiene y así como los osos hibernan en los lugares fríos, los animales y las personas sestean durante esas horas imposibles de la canícula y descansan en lugares frescos. Según había leído Juan, en los suplementos de salud, la siesta tenía bastantes más ventajas que inconvenientes.

Recordó lo aficionada que era Carmen por la lectura y le pareció bien, dada la profusión de cuentos en la antología. Todos ellos, además de otros, podían encontrarse de forma gratuita en un portal muy interesante de Luis López Nieves, llamado *Ciudad Seva*.

Abría la ventana, oía el canto de los pájaros, que formaban una enorme algarabía y se preguntaba por qué tanta competencia. Entendió que lo auténticamente humano, lo que nos distinguía de los animales, era el respeto por el más débil, por el que en el fondo más nos necesita, y viendo la sociedad en que vivíamos comprendió que, aunque había avanzado, quedaban muchas cosas, muchísimas por hacer.

Carmen fue trasladada al despacho de don Nicolás como secretaria y cada vez que Juan visitaba esa oficina iba con el corazón encogido y anhelante. Se pasaba varios días sin verla, pues había renunciado incluso a la hora del café para no encontrársela.

Pero cuando tenía que visitar el despacho de don Nicolás, no había más remedio.

—Buenos días, don Nicolás.

—Buenos días, Juan. —Y mirando a Carmen—. Buenos días, Carmen.

—Buenos días —le respondió Carmen en un tono lacónico y seco.

—Toma este expediente. Te pasas por el Registro de la Propiedad Intelectual y solicitas la información que solicito en él. Dentro va la autorización correspondiente y la tuya. Sospecho que puede haber un caso de imitación, y no de plagio. No obstante, no podemos decir nada hasta seguir estudiándolo.

Aquello lo sacó de su embeleso y mirando a Carmen notó cómo esta lo miraba. Era una mirada amable.

Haciéndole a don Nicolás un ademán de despedida le dijo.

—En cuanto tenga noticias se las comunico. Adiós.

—Adiós, Carmen.

—Adiós, Juan.

El tiempo había cambiado. Por las tardes se levantaba un viento vespertino que hacía gemir a los árboles. Las flores de los rosales se coloreaban con pinturas de la naturaleza, mientras las hojas de acanto formaban capiteles griegos y los palomos y las tórtolas se arrullaban todo el tiempo.

Pasaron unos días y Eva le dijo a Juan.

—Juan, quiero hablar contigo.

—Dime.

—No ahora. Luego nos vemos. Sobre las cinco en el café.

—De acuerdo.

A eso de las cuatro y media, Juan se estaba tomando un café descafeinado. Don Fidel le había prohibido el café, café, y dada su afición se conformaba con eso.

A eso de las cinco, Eva asomó por la puerta. Se acercó a Juan sin que este la viese y dándole un golpecito en la espalda llamó su atención.

—Tomaré una copita de anís.

La veía bien. Un suéter gris, un pantalón vaquero, ojos oscuros pero bonitos. Era atractiva, sobre todo cuando abandonaba los vestidos de la mañana que la hacían parecer una funcionaria.

—Quiero hablarte de Carmen.

Juan, alertado, se despertó de aquella morriña que aún le duraba de la siesta.

—Ha hablado conmigo. Hace tres días, a la hora del café, tuve un asiento aparte con ella. Al principio me resultó algo extraño, pero luego me alegré de que lo hiciera.

Eva tomó despacio un poco de anís mientras el nerviosismo de Juan aumentaba de forma palpable.

—Carmen te quiere.

—¿Qué dices?

—Lo que has oído.

Una enorme alegría se apoderó del alma de Juan, aunque no dejó de observar cierto atisbo de tristeza en la de Eva, como si por alguna oculta razón le costara cierto pesar el dar la noticia.

—Parece como si no te alegraras.

—Yo, si el hecho de que seas feliz es para mí una gran alegría.

—Pero también te digo que sigas escuchando. Se va. Ha solicitado el traslado de plaza y se la han concedido.

—Pero si acabas de decir que me quiere.

—Una cosa no contradice a la otra.

—Pues no lo entiendo.

Eva hizo señas al camarero.

—Por favor otra copita de anís.

—Yo no puedo tomar alcohol. Tomaré una Coca-Cola.

Por un momento la conversación decayó. Los dos parecieron tomar un respiro, mientras la imaginación de Juan se iba a celebrar lo que le había dicho Eva. Lo quería, intuía que era así. ¿Por otra parte por qué le contó todo esto a Eva y no a él?

—¿Por qué te ha contado todo esto a ti y no a mí?

Eva esperaba esa pregunta.

—Tiene su explicación.

—Sabes, y si no te lo estoy diciendo yo, que Carmen ha tenido una pareja y ha convivido con ella. No le ha salido bien. Teme mucho al fracaso. Ha debido sufrir mucho con los hombres y tiene pánico a naufragar de nuevo, porque es consciente de que eso le produciría un gran abatimiento que podría acabar en una depresión.

—Por eso no quiere abrirse directamente. Pero te quiere. Al principio te vio de otra manera, pero tu constancia en el cariño, tu cambio, porque has cambiado bastante, la tiene deslumbrada y ella ha cambiado también. Comunícate con ella, pero suavemente, no vayas a estropearlo. Simplemente ha querido distanciarse para estar segura de sí.

Eva miró el reloj.

—Se hace tarde y debo marcharme. Recuerda, tranquilo pero sin pausa.

—Gracias, no sé qué podré hacer para compensarte.

Suspirando ella le contestó.

—Quién me iba a decir que sería una alcahueta.

—No estoy de acuerdo. La alcahueta se encargaba de relaciones ilícitas, pero lo mío con Carmen no puede ser más lícito.

—Si tú lo dices.

Y dándole un beso en la mejilla, anduvo entre las mesas y salió del local.

12

Una cosmovisión

Una vez aprobada la admisión en mi empresa, Hispano Olivetti, como oficial administrativo, me dediqué a estudiar en la UNED Filología Hispánica. No sin esfuerzo conseguí terminar y pensé opositar a profesor de instituto. Sin embargo, dada la dificultad, pues no salían plazas, opté por la empresa privada. Además, me encontraba a gusto con unos excelentes compañeros y una tarea, aunque monótona, compatible con el trato con las personas. Se trataba de recursos humanos.

La verdad estaba contenta de estar allí. Mi tiempo y mi mundo coincidían.

Hasta que llegó Carmen.

Desde ese momento su vida, su trabajo, su tiempo libre se trastornaron. El tiempo de vida y el tiempo del mundo dejaron de coincidir. Ya no le bastaban las cuatro paredes en las que, entre libros y viajes, había formado su cosmovisión. Nuevos pensamientos, nuevas ideas, nuevas necesidades, hicieron que su mundo cambiara.

Tenía que aclarar y resolver su situación con ella y se decidió al encontrársela en el pasillo.

—Carmen, quiero hablar contigo.

—¿Ha cambiado algo para que me abordes de esta manera?

—Sí, he cambiado yo y creo que tú también.

—¿Sabes que me marcho?

—Sí, me lo ha dicho Eva. Y no lo entiendo.

—¿Por qué no almorzamos juntos y charlamos? ¿Te parece?

—Encantado.

La conversación ocurrió tan rápida como inesperada.

—Buenas tardes, don Juan —dijo Carmelo.

—Hola.

—¿El mismo sitio de siempre?

—Sí, pero hoy me acompañará la señorita Carmen. ¿Por cierto, cuándo hacéis aquellas migas tan buenas?

—Creo que estamos de suerte. Me pareció ver que Rafael, el cocinero, las estaba preparando.

—Consúltale y a ver si podemos sorprender a la señorita Carmen.

Y no le dio tiempo a Carmelo a retirarse de la mesa, cuando ella entraba en el restaurante. Venía estupenda. Vestía con un pantalón vaquero ceñido y muy ajustado, una cazadora también vaquera y una blusa blanca debajo.

—Hola, Juan. ¿Llevas rato esperando?

—No, solo un momento.

Notó en su cara como un rictus de preocupación.

Se acercó a una percha que había cerca de la mesa, se quitó la cazadora, la colgó y a Juan se le aceleró el pulso, el corazón y la cabeza. Llevaba tiempo sin estar cerca de ella y, al acercarse a la silla para sentarse, se le entreabrió la blusa y a Juan se le nubló la vista, y notó cómo se turbaba. Supo con certeza que la deseaba y la quería. Carmen notó su turbación, y ella también se azoró al ver su mirada. Fue una atracción mutua, perceptible, como antes no les había ocurrido.

Tan ensimismados estaban que no sintieron la presencia de Rafael.

—Hoy tenemos unas migas que están para chuparse los dedos. ¿Quiere probarlas, señorita Carmen?

—Bueno, tráigalas.

—Juan, recuerdas que un día te dije que antes de ser pareja de un hombre conviviría primero con él.

—Sí, lo recuerdo.

—¿Querrías convivir conmigo?

—Carmen, ¿me estás invitando a eso?

—¿Tú qué crees?

A Juan se le ensanchó el pecho, el espíritu y sintió como si hubiese estado en una habitación cerrada y, de pronto, una mano querida, abriese la ventana y penetrase una brisa suave y fresca. Tuvo la certeza de que aquello era una declaración.

—Sé que me quieres y debes saber que eres correspondido.

—Únicamente comentar una cosa importante. ¿Recuerdas que habíamos charlado sobre un problema médico que tenía en los ovarios?

—Sí, lo recuerdo. Como también me dijiste que te comunicaron que no tenía mayor importancia.

Carmen, con cara de preocupación, dijo:

—Juan, eso ha cambiado a peor. En la última analítica que me han hecho iba incluida una biopsia y el resultado es que tengo un tumor. Saben, aun cuando deben realizarme más pruebas, que puede ser maligno.

Ahora se explicaba Juan el rictus de preocupación que manifestaba su cara cuando entró en el restaurante. Quedó consternado.

—Esto puede que sea un inconveniente para convivir, pero sabes que te quiero y quisiera vivir contigo. Me ha costado decidirme, pero en ninguna de las parejas que he tenido he visto a nadie que haya sido tan cariñoso y honesto como tú, ni tampoco tan sexi, y eso lo he notado cuando en la oficina me he acercado a ti y he sentido tus reacciones, que, por cierto, aun cuando tú no te dieses cuenta, eran correspondidas. Has despertado en mí ese amor que creía perdido y quiero corresponderte.

»No niego que el hecho de convivir sea fácil al principio, sobre todo al presentarse esta inesperada sombra, pero dado el amor y cariño que nos tenemos, estoy segura de que superaremos los inconvenientes que surjan. Te lo dice una persona que ha superado algunos avatares y ha tenido una dificultosa vida sentimental.

»Ahora estoy equilibrada y sé lo que quiero.

Juan empezaba a ver las cosas claras y afirmó.

—Carmen, debes saber que te quiero tal como te conozco ahora, sin importarme para nada los amores y desamores que hayas tenido en tu pasado. Me importas tú y asumo la historia que hayas tenido.

—Gracias, gracias. ¡Ah! Se me olvidaba. Ya he leído la mayor parte de los cuentos que me indicaste, y me han gustado.

Ambos se levantaron y quedaron para ir al cine a las ocho de la tarde. Ya escogerían la película.

—Hasta luego, Juan.

—Hasta luego, Carmen.

Juan sintió que en su cosmovisión coincidían el tiempo y el mundo.

13

Tiempos complicados

Para Carmen fue el último día de trabajo en aquella empresa.

Se fue despidiendo de cada uno de sus compañeros, en especial de don Nicolás y Eva.

—Gracias, don Nicolás, de principio a fin se ha comportado usted más como un compañero que como un director. En su despacho aprendí, dados los asuntos tan difíciles, la discreción y el saber estar. Gracias.

—Eva, te debo muchas cosas. Mientras trabajé aquí, he aprendido de ti mucho, personal y profesionalmente. Nunca podré pagarte tus ayudas en tiempos de zozobra y creo que a veces me has conocido mejor que yo misma. Gracias.

Esto decía mientras tomaban su café de las once.

—Sí, creo que mi primer puesto de trabajo, mi estancia en esta empresa ha sido muy positiva. He conocido a muy buenas personas. Sobre todo, a Juan, al que amo y quiero corresponder como se merece.

Y como si estuviera preparado, todos de pie hicieron que sonara un cariñoso aplauso.

—Gracias a ti por todo, ¡guapa!

Y en algunas caras surgieron algunas lágrimas.

Al salir del trabajo marcharon al restaurante. Iban cogidos de la mano y parecían dos adolescentes que han descubierto por primera vez el amor.

—¡Adiós! Que tengáis suerte —decían con una mezcla de alegría y envidia.

—Gracias, a vosotros también.

—Rafael, el cocinero, quiere hablar con vosotros —dijo Carmelo.

—Sí, estamos encantados.

En un abrir y cerrar de ojos apareció Rafael con su gorro blanco, su delantal en la mano, su cara sonriente, dirigiéndose a ellos.

—Con vuestro permiso.

Cogió una silla acercándose a la mesa.

—Agradecemos mucho, en especial, a la señorita Carmen, la confianza que habéis depositado en nosotros durante todo este tiempo. Debéis saber que me he esmerado lo posible cuando se trataba de servir vuestros platos. Sé que la señorita Carmen se marcha. Mi deseo y el de Carmelo es que le vaya muy bien.

—Espero que don Juan nos siga honrando con sus visitas. Gracias.

—Gracias a ti por tu amabilidad, dedicación y esmero. Más quisieran algunos restaurantes con estrella darle el punto que tú le das a tus comidas —contestó Carmen.

Juan se comunicaba con ella por la tarde después de la siesta y antes de tomar su libro entre las manos. Leía de todo y se admiraba con la abundancia de escritores de otras lenguas como la francesa, inglesa o alemana. Sobre todo con los maestros rusos del XIX y el XX.

Cada mañana, antes de ir al trabajo, abría su correo y allí estaba la contestación de Carmen. Pero ella se cansó pronto, y lo sustituyó por las llamadas telefónicas.

A pesar de ello, Juan no dejaba de escribirle y, al hacerlo tantas veces, adquirió cierta soltura. Se propuso entrar en alguna academia de escritura creativa para hacerlo bien. Le recomendaron y contactó con la Escuela de Escritura Creativa Fuentetaja.

La semana se le hacía larga y solo esperaba la llegada del viernes.

Nada más salir del trabajo, Carmelo le tenía preparado un buen bocata, lo cogía y, a medio comer, se marchaba en el primer autobús que lo llevara hasta Carmen.

Le gustó el apartamento que había alquilado, aunque algo pequeño, solo tenía unos 60 m², pero suficiente para ser compartido con otra persona. Carmen entendió el deseo de convivir con ella por parte de Juan leyendo su pensamiento.

—Chico, no te precipites. Todo llegará.

Prestó mucha atención a la cara de Carmen; inquirió que estaba más pálida de lo normal, como si algo la estuviese royendo por dentro.

—Carmen, ¿qué ocurre?

—Las pruebas médicas. No he querido decírtelo por teléfono, pero la biopsia ha dado como resultado que tengo un tumor ovárico maligno. Otras biopsias lo han confirmado.

Juan quedó tan sorprendido como preocupado.

—Sin duda me vendré aquí contigo. Te ayudaré y te cuidaré. El mismo lunes hablaré con don Nicolás y nuestro sindicato para acelerar el proceso y solicitar una excedencia.

—¿No te das cuenta? Nuestras relaciones sexuales deben interrumpirse.

—¿Y qué? ¿Acaso crees que eso es lo principal para mí? No, Carmen, no es así. Eso puede esperar. Tú eres lo más importante.

—Juan, tengo miedo.

—Y yo. Dime cuál ha sido el diagnóstico exacto.

—Los médicos coinciden en que es un tumor ovárico epitelial maligno. Parece ser que aquel quiste ovárico sin importancia ha derivado hasta esto. Sin embargo, también parece ser que este tipo de tumores crece más rápidamente y tienden a propagarse». Juan. No te sorprendas, soy una resiliente. Estoy dispuesta a hacer frente a las dificultades que se presenten y que dependan de mí. Pero tengo miedo.

—Y yo. De aquí a dos semanas como mucho, prometo que estaré aquí, a tu lado. Eres la única persona a la que he amado y quiero estar a tu lado en estos momentos difíciles.

—Visitaremos a los mejores especialistas e incluso viajaremos a algún país que sea líder en investigaciones oncológicas.

14

Eva

El lunes siguiente, al entrar en la oficina de recursos humanos.

—Buenos días, Eva.

—Buenos días, Juan.

—Eva, quiero trasladarme de ciudad.

—Por mi parte no hay inconveniente. Pero ¿qué ocurre? Llevas muchos años aquí. Soy la jefa de recursos humanos y quiero saberlo. No tomes esta pregunta como injerencia en tu vida privada, sino que tendré que hacer un informe y quiero que vaya bien hecho.

—No es nada personal. Es Carmen.

—¡Ah! ¡Te has enamorado!

—En ese caso, habrá que mejorar el informe de alguna manera, y debo preguntarte para facilitar las cosas si estáis casados, sois pareja de hecho o alguna fórmula legal. Eso facilitaría el traslado.

—No hay nada de fórmulas legales. Queremos ser lo que somos. Una pareja que se ama y quiere seguir en esa situación.

Eva, retrepándose en su sillón, frunció el ceño y pensativa dijo:

—Quiero mostrarte mi alegría. Me contenta mucho que forméis pareja. Lleváis mucho tiempo de amor y desamor, y era hora de que os hayáis unido.

—¡Felicidades! —dijo Eva mientras se estrechaban en un amigable abrazo.

—Quisiera hablar contigo, fuera de recursos y traslados —dijo Juan.

—Sí, por supuesto —contestó Eva.

—¿Te viene bien a las cinco?

—Sí, esta tarde mis hijos tienen también baile y dispongo de una hora más.

Juan ya llevaba un rato sentado cuando notó un toquecito en el hombro. Volvió la cabeza y vio la sonriente cara de Eva.

—Siéntate, por favor. ¿Qué vas a tomar?

—Una copita de anís.

Se sorprendió de lo guapa que venía. Nunca la miró con esa mirada de hombre, solo como la jefa de su sección, como a una compañera.

—Vaya, veo que me miras muy interesado.

—Sí, es que veo a otra persona que ha mejorado bastante.

—Bueno, es que te veo muy atractiva.

—Por favor, Juan, es muy tarde para seducciones. No olvides que soy una mujer casada y con hijos.

—Perdona, no he querido incomodarte, pero es que te he visto así.

—Vamos a ver, Juan, no compliquemos las cosas. A mí me ha ocurrido algo parecido, pero ya sabes mis circunstancias. Francisco, mi marido, es una buena persona, me quiere y yo a él. Quizá algo áspero a veces, pero se le pasa y me lo compensa de manera que no debo explicarte. Y mis hijos, a cuál más guapo e inteligente. Me debo a ellos y son el principal motor de mi vida. —Se detuvo un momento, terminó su copita de anís y con lágrimas en los ojos continuó—: Mi vida, difícil a veces, también tiene sus recompensas. Y quiero seguir viviéndola. Me debo a mi esposo y a mis hijos. ¿O es que crees que no llegaste a interesarme?

»Eso te lo digo ahora que estás enamorado. No te lo podía decir antes de que llegara Carmen, pues con lo obsesivo que eres no me hubieses dejado tranquila.

—Eva, soy un idiota que nunca se da cuenta de nada.

—A veces, es mejor así. Gracias a tu inocencia has encontrado la felicidad, de lo cual, te repito, me alegro muchísimo.

—Eva, ¿cómo podría compensarte por todo lo que has hecho por mí?

—Es sencillo. Me das un beso y nunca más se hablará de esto.

Juan pagó la consumición, se levantó al mismo tiempo que Eva, marcharon a la puerta y allí, como personas que se despiden para siempre, se besaron con amor y tomaron direcciones contrarias.

15

Parientes

Juan se entregó con cariño al cuidado de Carmen. Por las mañanas se levantaba muy temprano, se aseaba, le preparaba el desayuno y marchaba a su nuevo trabajo.

Don Nicolás había conseguido contactar con la delegación de la empresa en que trabajó durante tanto tiempo y consiguió que fuera admitido en un puesto de trabajo similar al que tenía, conectando bien con sus nuevos compañeros en la misma ciudad que ella.

Carmen no tuvo más solución que pedir excedencia. Los exámenes médicos confirmaron definitivamente la enfermedad. También le dijeron que la única posibilidad de curarse era la cirugía e intervenir lo antes posible. Sintió la necesidad de decírselo a Juan.

Ya por la tarde, sentados viendo la televisión, comentó Carmen:

—Según me han comentado los médicos, la única manera de curar esta enfermedad es la de acudir a la cirugía lo antes posible. Según ellos, el tiempo de espera hoy día en la seguridad social para este tipo de operaciones es de dos a tres meses. Y es demasiado.

—Para eso tengo una respuesta —contestó Juan—. Resulta que la pasada Navidad me reuní con mi familia y, entre ellos, con un primo hermano mío que se llama Pedro. Este ha sido y es un orgullo para todos nosotros, pues ha triunfado como médico y cirujano. Tan es así que, recién terminada la carrera, se marchó a Estados Unidos.

»Como salió en la sobremesa el tema de conversación sobre el tiempo de espera en los hospitales españoles y, resulta que actualmente él trabaja como cirujano en el Rochester Hospital & Clinic de Mayo Clinic, para envidia de todos nosotros, nos dijo que cuando se trata de cirugías urgentes o de emergencias se programan lo más rápido posible, a menudo dentro de horas o días.

—Sí, está bien. Pero la seguridad social no se haría cargo de esa situación. ¿Cuánto dinero costaría lo que indicas?

—Lo tengo. En mi soltería he sido ahorrador y el dinero ahorrado, ¿dónde lo voy a gastar mejor que en tu salud? Sabemos que los pronósticos no son buenos y o lo hacemos ahora o no tendremos otra oportunidad. Y no quiero perderte de ninguna manera.

Carmen no se esperaba aquello.

—Te quiero.

—Hecho. Mañana mismo contactaré con Pedro. Él nos ayudará para decirnos qué documentación habrá que llevar, dónde debo depositar el dinero que haga falta y demás circunstancias del viaje. Calculo que de aquí a unos días podemos estar de camino.

Ella se dirigió a Juan, lo rodeó con sus brazos, lo atrajo hacia sí y notó cómo olvidó por momentos su enfermedad.

—Te quiero, te quiero. Sí, lo repetiría hasta el infinito.

Localizó por internet a su primo Pedro y quedaron a una hora determinada para hablar. Cuando Pedro terminara su trabajo serían las 10 de la noche en Madrid y a esa hora los dos estaban libres y estuvieron de acuerdo en poder hablar sobre el tema Carmen.

—Pedro, a Carmen le han diagnosticado un tumor ovárico epitelial maligno y le han dicho que la mejor manera de curarlo sería aplicar cirugía lo antes posible. Me he informado y resulta que aquí en España para esa operación la seguridad social tiene una lista de espera de meses. No soy técnico en el tema, pero no creo que podamos esperar tanto.

Pedro, tras pensar y consultar desde su despacho en Mayo Clinic, en Rochester, le contestó:

—Juan, siento mucho que le hayan diagnosticado eso. Es serio y requiere una intervención rápida, pues el cáncer de ovario epitelial maligno tiene un alto riesgo de metástasis, especialmente, en etapas avanzadas. La diseminación puede ocurrir a través de la cavidad peritoneal, los ganglios linfáticos y el torrente sanguíneo. La detección temprana y un tratamiento oportuno son fundamentales para mejorar el pronóstico. Además, es mi especialidad.

—¿Qué me aconsejas entonces?

—Lo de la intervención rápida se puede dar por solucionado, pues soy el programador de las intervenciones. Pero claro, es requisito fundamental que el paciente se encuentre en este hospital. El problema es prepararlo todo para viajar hasta aquí rápidamente. Llámame mañana a esta hora —añadió Pedro—. Pienso tener arreglada tu estancia aquí y demás logística. ¡Ah! Y prepara un buen dinero, pues aquí en Estados Unidos este tipo de situaciones valen miles de dólares. No es necesario que me lo mandes ahora. Afortunadamente tengo ahorros suficientes para cubrir el expediente. Ya me lo repondrás cuando hayamos terminado.

—¿Cómo podré pagarte moralmente estas gestiones?

—Esta Navidad pienso pasar unos días en España. Me han invitado a dar unas conferencias en la Clínica Universitaria de Navarra. Tendremos ocasión de vernos, abrazarnos y ponernos al día.

16

El viaje

Juan confiaba mucho en su primo Pedro.

Haría tres años cuando a la esposa de un compañero suyo, Pepa, le diagnosticaron algo parecido. No conocía la terminología médica, pero sabía que había sido un cáncer de ovario.

Una tarde, charlando animadamente en una terraza, Pepa contó cómo habían ocurrido las cosas hasta su curación. Le comentaron que la medicina no era una ciencia exacta, pero el hecho de acudir a tiempo elevaba mucho la posibilidad de sanar. Le insistieron que un requisito fundamental para curarse era acudir a la cirugía lo más rápido posible. Movidos por la incertidumbre, anduvieron informándose de plazos y circunstancias.

Resultó que en la seguridad social le daban un plazo mínimo de dos a tres meses y se informaron que en la clínica de la Universidad de Navarra solían atender esas intervenciones quirúrgicas en mucho menos tiempo.

Pero claro, hubo un inconveniente grave. Esa clínica era privada. Y no era nada económica, hasta el punto de que la misma clínica tenía su entidad financiera propia.

Con todo esto, contrataron un préstamo a largo plazo y a interés reducido con la misma entidad.

—Hoy por hoy estamos muy contentos de haberlo hecho. Ignoramos qué hubiese ocurrido de no haberlo hecho así.

Esa conversación le resultó muy útil a Juan para seguir contando con su primo y eso hizo esa misma tarde, ponerse en contacto con él.

—Juan, he conseguido tenerlo todo preparado para dentro de diez días. La atención médica de Carmen queda a mi cargo directamente, por lo que no creo que haya inconveniente.

»Respecto a tu estancia, te informo que la clínica ofrece una lista de hoteles recomendados e incluso pueden ofrecer tarifas especiales.

»En este caso y dada la suficiencia de plazas, podemos escoger, una vez aquí, la que más nos interese según la distancia y facilidad de transporte.

»Ya solo nos queda que tus gestiones en Madrid, vuelos y documentación necesaria para viajar a Estados Unidos, al Aeropuerto Internacional Frederic Douglas Greater Rochester NY.

Pasaron unos días hasta que consiguió organizarlo todo. Siempre tuvo en cuenta el plazo que le indicó Pedro, pues contaba que los diez días se reducían en dos o tres, dado que los vuelos eran largos y no quería llegar a Rochester con el tiempo contado.

Desde Madrid había varios vuelos a Rochester y optó por uno directo, sin escalas, dado que los cambios de avión no le sentarían bien a Carmen. Solucionó con rapidez los pasaportes, imprescindibles para viajar a Estados Unidos, así como permisos especiales por si la estancia se alargaba más de lo esperado.

Tuvo que explicar a funcionarios estadounidenses los motivos de su viaje y encontró en ellos comprensión y ayuda.

A los seis días de iniciar sus gestiones cogieron un vuelo de American Airlines que los llevaría directamente desde Madrid Barajas a Rochester NY. La duración prevista era entre 8 y 9 horas, y allí en el aeropuerto los estaría esperando Pedro.

Como esperaban, uno de los mayores inconvenientes para los dos era el idioma. Cuando empezaron a estudiar en España, era obligatorio el francés. Al final, no consiguieron dominar ninguno de los dos idiomas, aunque chapurreaban mejor el inglés.

Pero al desembarcar se llevaron una sorpresa. El segundo idioma, que casi era el primero, era el español y eso fue uno menos de los inconvenientes que se presentarían.

17

La esperanza

Pedro no solo era su primo. También era una buenísima persona.

Desde que llegaron les llamó la atención con qué deferencia el personal médico y administrativo lo trataban. Tan era así, que ese respeto y consideración lo vieron reflejado en sus propias personas.

Fue una intervención que duró varias horas.

Al final, Pedro quiso hablar con Juan.

—Es hora de felicitarnos. Hemos acudido a tiempo y tanto yo como mis ayudantes creemos que la operación ha sido un éxito. No obstante, deberá medicarse y vigilarse durante al menos un mes. Como ya sabes, la medicina no es una ciencia exacta y siempre es conveniente guardar precauciones durante algún tiempo.

Juan, emocionado, dio un fuerte abrazo a su primo.

—¡Gracias, Pedro! ¡Gracias!

—Una última cosa. Os podréis marchar de aquí a dos o tres días. Así que soluciona los billetes de vuelta.

Juan volvió a dar un abrazo a su primo y se citaron para Navidad.

Una vez en España, alquilaron un nuevo apartamento que cumplía todos sus requisitos. Supermercado, parque, paseo, autobuses, iglesia, farmacia y, sobre todo, hospital.

Pasó un mes sin novedades. Carmen se reponía lenta pero progresivamente y él se incorporó de nuevo a su trabajo. Pedro desde Rochester no dejaba de llamar e interesarse con los nuevos análisis que le hacían a Carmen. Era muy estricto con la medicación, pues sabía que esta era muy importante para recuperarse.

Transcurrió otro mes y la cosa seguía bastante bien.

Sentados en el sofá, repasaron cómo habían cambiado sus vidas desde que se conocieron.

Cómo él desde que la conoció fue otro hombre, mejor cuidado, más atento, más generoso y, sobre todo, mejor persona.

Y ella, un poco alocada, variable, pero muy solicitada por los hombres, alcanzó un equilibrio emocional que le había permitido superar no pocos problemas.

Ahora sí, ahora eran felices, aunque siendo conscientes de que ese amor que se tenían debía cultivarse como lo haría un buen jardinero con su jardín.

Índice